AF357779

# VENTE

**Du Samedi 9 Mars 1912**

**HOTEL DROUOT, SALLE N° 10**

A DEUX HEURES

# Tableaux Anciens

## AQUARELLE, PASTEL

## BOISERIE DE SALON

### D'ÉPOQUE LOUIS XV

COMMISSAIRE-PRISEUR

Mᵉ F. LAIR-DUBREUIL

EXPERTS

M. JULES FÉRAL

MM. PAULME & B. LASQUIN Fils

# CATALOGUE

## DES

# Tableaux Anciens

## AQUARELLE, PASTEL

*Par ou attribués à*

BOUCHER, BREUGHEL ET VAN KESSEL, DELYEN, DE TROY,
GRIMOUX, GUARDI, J.-B. HUET, LAMBRECHT,
NETSCHER, RAOUX, RIGAUD, J. RUYSDAEL, SUBLEYRAS, SWEBACH,
TERBURG, J. VERNET, ETC., ETC.

# BOISERIE DE SALON

## D'ÉPOQUE LOUIS XV

Dont la Vente aura lieu, à Paris

# HOTEL DROUOT, SALLE N° 10

## LE SAMEDI 9 MARS 1912

*à deux heures*

---

COMMISSAIRE-PRISEUR

### M<sup>e</sup> F. LAIR-DUBREUIL, 6, rue Favart

EXPERTS

| *Pour les Tableaux :* | *Pour la Boiserie :* |
|---|---|
| **M. JULES FÉRAL** | **MM. PAULME & B. LASQUIN fils** |
| 7, rue Saint-Georges | 10, rue Chauchat \| 11, rue de la Grange-Batelière |

---

# EXPOSITION PUBLIQUE

Le Vendredi 8 Mars 1912, de 1 h. 1/2 à 6 heures

# CONDITIONS DE LA VENTE

Elle sera faite au comptant.

Les adjudicataires paieront *dix pour cent* en sus des enchères.

L'exposition mettant le public à même de se rendre compte de l'état et de la nature des objets, aucune réclamation ne sera admise une fois l'adjudication prononcée.

Paris. — Imp. de l'Art, Ch. Berger, 41, rue de la Victoire.

# DÉSIGNATION

## TABLEAUX ANCIENS

### AQUARELLE, PASTEL

**BONNINGTON (Attribué à)**

1 — *La Promenade en barque.*

> Toile. Haut., 25 cent.; larg., 36 cent.

**BOUCHER (École de)**

2 — *Pastorale.*

> Toile. Haut., 81 cent.; larg., 65 cent.

Cadre en bois sculpté.

**BOUCHER (École de)**

3 — *Le Chien savant.*

> Toile. Haut., 70 cent.; larg., 57 cent.

## BOUCHER (École de)
### (DEUX PENDANTS)

4 — *Diane et les Nymphes.*

5 — *Femmes et Amour.*

Dessus de portes.

Toiles. Haut., 80 cent.; larg., 1 m. 70 cent.

Cadres en bois sculpté.


## BREUGHEL ET VAN KESSEL
### (DEUX PENDANTS)

6-7 — *La Terre. — L'Eau.*

Compositions allégoriques avec figures, fruits, poissons, volatiles.

Bois. Haut., 47 cent.; larg., 75 cent.

Cadres en bois sculptés.


## CLOUET (École de)

8 — *Portrait d'une Princesse à mi-corps.*

En haut et à droite le monogramme : *C. F. P.*

Bois.. Haut., 30 cent.; larg., 24 cent.


## COYPEL (École d'ANTOINE)
### (DEUX PENDANTS)

9-10 — *Bacchanales.*

Toiles. Haut., 48 cent.; larg., 60 cent.

## CRÉPIN

11 — *Paysage avec cours d'eau, rochers et pê-
cheurs.*

Bois. Haut., 24 cent.; larg., 32 cent.

## DAVID (École de)

12 — *Étude de nu.*

Toile. Haut., 37 cent.; larg., 60 cent.

## DELYEN

13 — *Portrait de Femme.*

Assise dans un fauteuil et accoudée sur une console
sur laquelle est posée un vase de fleurs, elle est vêtue
d'une robe verte avec écharpe rose.
Fond de parc.

Toile. Haut., 1 m. 30 cent.; larg., 97 cent.

## DE TROY (Attribué à FRANÇOIS)

14 — *Le Retour de chasse.*

Toile. Haut., 90 cent.; larg., 1 m. 10 cent.
Cadre en bois sculpté.

## ÉCOLE ANGLAISE

15 — *Portrait de Jeune Femme.*

En corsage blanc et mettant un gant.

Toile. Haut., 60 cent.; larg., 50 cent
Cadre en bois sculpté.

## ÉCOLE FRANÇAISE

16 — *Accident de chasse.*

Aquarelle gouachée.

Haut., 21 cent.; larg., 32 cent.


## ÉCOLE FRANÇAISE (Commencement du XIXᵉ siècle)

17 — *Portrait du chanteur Elleviou.*

Toile. Haut., 1 m. 37 cent.; larg., 1 m. 10 cent.


## ÉCOLE FRANÇAISE (XVIIIᵉ siècle)

18 — *Paysage avec cours d'eau, berger, animaux. Effet de clair de lune.*

Bois. Haut., 18 cent.; larg., 19 cent.


## ÉCOLE FRANÇAISE (XVIIIᵉ siècle)

19 — *Portrait d'Homme en habit brun, un tricorne sous le bras.*

Toile. Haut., 59 cent.; larg., 50 cent.


## ÉCOLE FRANÇAISE (XVIIIᵉ siècle)

20 — *Portrait d'Homme en habit noir, tenant un porte-crayon.*

Toile. Haut., 70 cent.; larg., 60 cent.


## ÉCOLE FRANÇAISE (XVIIIᵉ siècle)

21 — *La Collation.*

Toile. Haut., 80 cent.; larg., 70 cent.

## ÉCOLE FRANÇAISE (xviii<sup>e</sup> siècle)

22 — *Buste d'Homme en habit noir.*

> Toile. Haut., 44 cent.; larg., 38 cent.

## ÉCOLE FRANÇAISE (xviii<sup>e</sup> siècle)
### (DEUX PENDANTS)

23 — *Portrait de Femme en corsage blanc à fleurs.*

24 — *Portrait d'Homme en habit noir.*

> Toiles de forme ovale. Haut., 57 cent.; larg., 47 cent.

## ÉCOLE FRANÇAISE (xviii<sup>e</sup> siècle)

25 — *Portrait de Femme coiffée d'un bonnet, les mains dans un manchon.*

> Bois. Haut., 58 cent.; larg., 48 cent.

## ÉCOLE FRANÇAISE (xviii<sup>e</sup> siècle)

26 — *Portrait de Femme au voile noir.*

> Toile. Haut., 65 cent.; larg., 54 cent.

## ÉCOLE FRANÇAISE (xviii<sup>e</sup> siècle)

27 — *Famille dans un intérieur.*

> Toile. Haut., 1 m. 10 cent.; larg., 1 m. 45 cent.

Cadre en bois sculpté.

## ÉCOLE HOLLANDAISE

28 — *Moïse sauvé des eaux.*

> Toile. Haut., 56 cent.; larg., 72 cent

## ÉCOLE HOLLANDAISE (xviie siècle)

29 — *La Bonne aventure.*

> Toile. Haut., 60 cent.; larg., 76 cent.


## ÉCOLE HOLLANDAISE (xviiie siècle)

30 — *Portrait de Femme tenant une corbeille de fleurs.*

> Toile. Haut., 80 cent.; larg., 65 cent.

Cadre en bois sculpté.


## ÉCOLE HOLLANDAISE (xviie siècle)

31 — *Kermesse dans un village.*

> Haut., 1 m. 80 cent.; larg., 2 m. 50 cent.

(Ce tableau est vendu par suite de décès et en vertu d'ordonnance enregistrée).


## FRANCK (École des)

32 — *L'Adoration des Mages.*

> Bois. Haut., 67 cent.; larg., 1 m, 05 cent.


## GRIMOUX (Attribué à)

33 — *Portrait d'Homme accoudé sur une table.*

> Toile. Haut., 45 cent.; larg., 38 cent.

Cadre en bois sculpté.

## GUARDI (D'après)

34 — *Entrée d'un Palais.*

> Toile. Haut., 35 cent.; larg., 28 cent.

## HALLÉ (Attribué à Noël)

35 — *La Chute d'Antiochus.*

> Toile. Haut., 98 cent.; larg., 1 m. 25 cent.

Cadre en bois sculpté.

## HARRIET

36 — *Le Petit archer.*

Signé à gauche.

> Toile. Haut., 36 cent.; larg., 30 cent.

## HUET (Attribué à Jean-Baptiste)

37 à 39 — *Pastorales.*

Trois dessus de portes.

> Toiles. Haut., 62 cent.; larg., 80 cent.

## HUET (Attribué à)

40 — *Les Animaux malades de la peste.*

> Toile. Haut., 47 cent.; larg., 80 cent.

Cadre en bois sculpté.

## JOUVENET (Jean)

41 — *La Construction de l'Arche.*

> Toile. Haut., 58 cent.; larg., 72 cent.

## LACROIX (de Marseille)

### (DEUX PENDANTS)

42-43 — *Marines.*

> Toiles. Haut., 85 cent.; larg., 50 cent.

Cadres en bois sculpté.

## LAMBRECHT (C.)

44 — *Le Marché aux légumes.*

> Toile. Haut., 80 cent.; larg., 66 cent.

## LEFEBVRE (Claude)

45 — *Portrait d'un Magistrat.*

> Toile de forme ovale. Haut., 92 cent.; larg., 73 cent.

## METSYS (D'après Quentin)

46 — *Portrait de Pierre Gillis.*

> Bois. Haut., 58 cent.; larg., 42 cent.

## MIGNARD (École de)

47 — *Portrait de Femme drapée dans un manteau rouge brodé d'or.*

> Toile. Haut., 80 cent.; larg., 65 cent.

## NETSCHER (Gaspard)

48 — *Vertumne et Pomone.*

Toile. Haut., 46 cent.; larg., 38 cent.


## NETSCHER (Attribué à Constantin)

49 — *Portrait de Femme avec un amour.*

Toile. Haut., 1 m. 30 cent.; larg., 97 cent.

Cadre en bois sculpté.


## PANINI (Attribué à)

50 — *Ruines dans un site montagneux.*

Toile. Haut., 96 cent.; larg., 72 cent.


## PEETERS (Attribué à Bonaventure)

51 — *Marine avec barque de pêche.*

Bois. Haut., 17 cent.; larg., 21 cent.


## RAOUX (Attribué à)

52 — *La Jeune Fille à l'oiseau.*

Toile. Haut., 1 m. 10 cent.; larg., 81 cent.


## RIGAUD (D'après)

53 — *Portrait d'un Maréchal.*

Toile. Haut., 48 cent.; larg., 34 cent.

### RIGAUD (École de)

54 — *Portrait d'Homme couvert d'un manteau rouge.*

Toile. Haut., 78 cent.; larg., 62 cent.

### RIGAUD (École de)

55 — *Jeune Femme en robe de brocart tenant une couronne.*

Toile de forme ovale. Haut., 82 cent.; larg., 65 cent.

### RIGAUD (École de)

56 — *Portrait de Femme en corsage bleu, manteau rouge.*

Toile. Haut., 81 cent.; larg., 65 cent.

### ROSALBA-CARRIERA (D'après)

57 — *La Jeune Femme aux fleurs.*

Pastel. Haut., 65 cent.; larg., 55 cent.

### RUYSDAEL (Attribué à JACQUES)

58 — *Entrée d'un port par un temps d'orage.*

Bois. Haut., 15 cent.; larg., 23 cent.

### RUYSDAEL (Attribué à)

59 — *Paysage avec rochers, cours d'eau et figures.*

Toile. Haut., 80 cent.; larg., 1 m. 14 cent.

Cadre en bois sculpté.

## SUBLEYRAS (PIERRE)

60 — *La Mort de Pompée.*

Toile. Haut., 47 cent.; larg., 62 cent.


## SWEBACH (EDOUARD)

61 — *Paysage avec cavaliers au premier plan.*

Bois. Haut., 23 cent.; larg., 31 cent.


## TERBURG (Attribué à)

62 — *La Femme en satin blanc.*

Une jeune femme en robe de satin blanc est debout devant une table-toilette, couverte d'un tapis rouge. Au second plan, un jeune garçon semble attendre un ordre.

Toile. Haut., 61 cent.; larg., 45 cent.

Cadre en bois sculpté.

(*Vente de la Collection du Prince Sapieha, 15 juin 1904. N° 103*).


## TOURNIÈRES (Genre de)

63 — *Portrait de Femme en corsage iaune avec écharpe rose.*

Toile. Haut., 70 cent.; larg., 58 cent.


## VAN DYCK (D'après)

64 — *Portrait d'Homme en buste.*

Toile. Haut., 50 cent.; larg., 38 cent.

## VAN GORP

65 — *Portrait d'Homme en habit vert.*

Toile. Haut., 23 cent.; larg., 18 cent.

Cadre en bois sculpté.


## VINCENT

66 — *Le Duo.*

Une jeune femme en robe de mousseline blanche est assise, pinçant du luth, près d'elle un gentilhomme en habit bleu tient une partition ouverte sur le genou.

Toile. Haut., 78 cent.; larg., 97 cent.

Cadre en bois sculpté.


67 — Sous ce numéro, qui sera divisé, seront vendus des tableaux et dessins non catalogués.

# BOISÉRIE ANCIENNE

68 — Décor de salon en peinture, et leurs boiseries sculptées, peintes et partiellement dorées, comprenant deux panneaux d'entre-deux, une glace trumeau, formant dessus de cheminée. Deux trumeaux d'entre-fenêtre avec glace et trois dessus de porte. Les encadrements comportent des baguettes moulurées et ornées, enrichies d'agrafes et rocailles feuillagées et de guirlandes de petites fleurs. Les sujets peints offrent des compositions pastorales à personnages dans le goût de Lancret. Epoque Louis XV.

Boiserie : Haut., 2 m. 76 cent.; larg., 1 m. 20 cent.; 77 cent. et 74 cent.

Dessus de portes : Haut., 1 m. 15 cent.; larg., 1 m. 35 cent.

www.ingramcontent.com/pod-product-compliance
Lightning Source LLC
LaVergne TN
LVHW021902180726
843502LV00008B/2830